SINIBAGIRWA

Fabrice Salembier

A mes grands-parents qui m'ont enseigné les valeurs de la vie ;

A mes parents en Belgique qui m'ont continuellement éclairé sur le chemin de la vie;

A ma fille Megan à qui j'adresse toute ma fierté de papa ;

A Carmen Toudonou et Habib Dakpogan pour leurs conseils, leurs éclairages et compétences ;

A Gédéon Kpassénon pour son accueil et sa disponibilité ;

A celles et ceux qui me permettent encore de croire en l'Humain ;

Aux peuples rwandais et béninois pour leur accueil.

« N'est étranger que celui qui ne s'intéresse pas aux autres »…

PRÉFACE

Il fut une époque où l'homme se figurait tout puissant, être d'exception au cœur d'une terre, elle-même exceptionnelle, toute belle dans sa platitude, centre de l'univers, référence absolue de l'espace-temps. C'était le temps d'une gloriole toute éphémère qu'est venue abolir la découverte de la rotondité de la terre, celle des autres planètes, enfin, celle de l'univers et de son infinité - mais l'univers est-il réellement infini ou est-ce juste l'incapacité des hommes à le sonder jusques à ses confins qui les borne à cette conclusion extravagante somme toute ? Depuis, l'homme sait les atomes, il sait les molécules, et il sait, hélas, qu'à l'échelle de cet univers, il représente moins qu'une poussière de neutron, si la chose se peut concevoir, et dès lors, la réflexion sur la finalité de l'existence de l'homme, sur sa place dans ce que l'on nomme société, vocable regroupant un ensemble diffus fait de la famille, du milieu d'extraction, des autres qui ne sont pas le moi, cette réflexion n'a jamais été aussi cruciale.

C'est dans ce sillage qu'il faut situer Sinibagirwa, cet ouvrage regroupant des notes autobiographiques de Fabrice Salembier. L'on pourrait se borner à voir dans ces lignes, quelques carnets de voyages, quelques récits de tranches de vie, que sous-tendent surtout une belle philosophie de vie de l'auteur, épicurien au sens noble du terme. Mais ce livre est avant tout une réflexion qui pose la problématique de la solitude de l'homme, dans la société, au cœur de l'univers même qu'il n'arrête pas de réinventer dans sa petite machine à penser. Marié ou divorcé, père ou non, enseignant dans une bourgade de son pays ou expatrié, l'homme est avant tout seul. Seul avec les préjugés alentours, seul face aux choix de vie à faire, seul face aux autres, à la rencontre de qui il peut alors opter d'aller ou pas.

Cette solitude existentielle, qui poursuit l'homme jusque dans le néant, la littérature nous propose plusieurs façons de l'affronter. Nous avons, par exemple, le prototype du héros qui refuse de se sortir de cette solitude, qui refuse donc le moule de la société, qui se rebelle contre, et choisi alors le suicide.

Tel le jeune Werther de Goethe qui n'accepte pas l'échec d'une relation anathème. Il y a également ceux qui, sans même s'en rendre compte, induisent la mort de cet être tant aimé, afin peut-être que cesse le tourment, et que le ronron traditionnel reprenne son cours. C'est le héros sans nom de Le diable au corps de Raymond Radiguet, c'est Armand Duval de La Dame aux camélias d'Alexandre Dumas Fils. Il y a aussi ceux qui choisissent de tuer pour mieux s'anéantir dans une société qui leur déplaît, ainsi que la Thérèse Desqueyroux de François Mauriac. Puis il y a les optimistes de la vie comme Grégoire Nakobomayo de l'African psycho d'Alain Mabanckou, personnages qui révèlent le meilleur d'eux-mêmes alors que les conditions ne les y prédestinent pas, même si la positivité n'est pas toujours autant partagée que le bon sens cartésien. C'est dans cette dernière optique que se situe la geste de Fabrice Salembier, propre héros de son ouvrage, voyageur infatigable, passionné de l'autre, qui aura mis du temps pour se découvrir à lui même, dans une quête de l'identité, qui l'aura conduit non pas seulement à l'Afrique, mais surtout jusqu'à l'Autre.
Carmen F. Toudonou

Et si…

Tout a commencé un soir de juillet 1991.

Assis confortablement dans le salon, je reprends la lecture d'un quotidien dont la qualité dépasse de loin ses confrères. Je garde de mes études, cet amour de la lecture informative. Je viens de terminer ma première année d'enseignant en Province de Namur, une expérience quelque peu chahutée par d'incessantes grèves auxquels j'ai, bon gré mal gré, participé. Enseigner un savoir, n'est-ce pas le plus beau métier du monde ? C'est en tout cas la question universelle à laquelle chaque enseignant répond, au début de sa carrière, par un oui passionné.

Une annonce attire mon regard. Des postes sont à pourvoir au sein d'un établissement scolaire privé dans une ville au nom bien étrange : Gisenyi. C'est l'Afrique, c'est le Rwanda. Sacré dépaysement pour celui qui ose tenter l'aventure. Je fais part de cette information à celle qui partage ma vie depuis peu. C'est l'heure du repas, elle n'est pas très réceptive sur le moment même, ce qui est totalement compréhensible. Elle a un job ici.

Cette annonce devient néanmoins le centre de nos conversations ; on échange, on plaisante et on en arrive à se dire, après quelques jours, qu'il serait intéressant que j'y réponde. Advienne ce qu'il doit advenir. La soirée est placée sous le thème « découverte d'un continent et d'un pays inconnus ». De nos sources ressortent des généralités telles pays instable, guerre, tensions mais aussi climat, accueil, paysages, découvertes. La peur de l'inconnu ne changera donc jamais ; il faut le voir pour le croire. De ces débats, parfois nocturnes, sortira une lettre de motivation, un curriculum vitae avec une seule expérience professionnelle, le tout dans une enveloppe timbrée. C'est parti.

Timbré. Le mot me reviendra aux oreilles plus tard.

Le mois d'août est consacré aux vacances. Ma compagne a accepté une invitation familiale en Bretagne. La sœur de son père vit en effet en France. Je ne connais encore personne de sa famille, ses parents voguent sur leur voilier vers le Brésil. 15 jours sont au programme. La voiture chargée, c'est plein d'entrain que nous prenons la route. Des vacances, c'est toujours relaxant et nous en avons besoin.

Arrivés sur place, le règlement d'ordre intérieur nous est soumis ! Soumis et imposé. Il faut s'y tenir ; le petit déjeuner, le déjeuner sont à heures fixes. J'ai pourtant terminé mon service militaire. Ce couple de belge, pensionné, s'est acheté une villa dans ce coin perdu et ils y vivent en permanence. Le coin, certes perdu à mes yeux, semble cependant agréable. Les deux premiers jours sont intéressants ; visite du coin – il ne pleut pas -, «ramassage» de bigorneaux sur une petite plage à la marée descendante, crêpes dans l'auberge du coin et anecdotes sont au menu. La suite est tout autre ; ennui, ennui et ennui. Nous ne resterons pas 15 jours, c'est clair. Une conversation sur l'oreiller sera l'occasion de mettre sur pied un stratagème afin de ne pas heurter nos hôtes en cas de départ précipité. J'ai repéré une cabine téléphonique dans le village ; elle sera le point de départ de l'opération « back in Belgium ».

Le lendemain à l'aube, nous prétextons une promenade en amoureux pour quitter les lieux. L'objectif est de téléphoner à la sœur de mon amie afin de lui signaler qu'il nous serait agréable qu'elle puisse téléphoner le dimanche sur le temps de midi - heure précise du repas - afin de nous signaler qu'il est impératif de rentrer car un emploi pointe le bout de son nez pour moi. Tout est en place, nous sommes jeudi.

De retour, nous évoquons certains lieux visités et il nous est annoncé pour le lendemain une sortie en mer. La curiosité est la plus forte d'autant que le capitaine et de la maison et de l'embarcation qui nous emmènera a les arguments nécessaires à l'attiser. Il me hâte de découvrir cette expérience ; nous allons aller relever les casiers en pleine mer ; crabes au menu !

Nous sommes prêts ; direction le port. Au loin, j'aperçois déjà quelques navires, yachts bien imposants. L'oncle de ma moitié nous pointe du doigt la troisième allée. Fier comme Artaban, je m'y engage. Plus j'avance, plus les navires se dressent, majestueux, devant nous et me fiant à mon instinct, je ralentis devant une superbe embarcation. C'est au moment où je pose le pied sur le pont qu'un cri s'élève : « pas celui-là, le précédent ». Je me retourne et, ô stupeur, j'aperçois une coquille de noix en contrebas. Je suis tombé sur un belge breton avec un sens des grandeurs marseillais ! Pourvu qu'il n'y ait pas trop de houle…

Stupéfaits et à la fois amusés, nous prenons pieds sur le pont de la coquille et levons l'ancre. Le passage du chenal est épique ; jurons, vociférations… Diable, il y a aussi du Haddock en lui. La pêche ne sera pas miraculeuse mais suffisante pour le repas de …midi. Nous ferons honneur aux crabes pris au piège des casiers.

C'est sans doute le meilleur souvenir de ce périple breton. J'en parle encore souvent.

Le dimanche tant attendu est arrivé. Nous sommes encore attablés en fin de petit déjeuner lorsque la sonnerie du téléphone retentit, ce qui a le don de me faire sursauter.

L'épouse du vaillant capitaine décroche : « Ah, bonjour … Comment vas-tu ? Quel temps en Bretagne ». Mon sang ne fait qu'un tour ; c'est elle, notre contact. Que se passe-t-il, il n'est pas midi… un « Ah bon, alors oui, attends je te le passe » s'en suit. Elle me tend le cornet et mon interlocutrice me signale qu'il y a véritablement une offre d'emploi qui m'attend. Elle a reçu un appel des responsables de l'école rwandaise. Si je suis intéressé, je dois les rappeler rapidement car ils souhaitent nous rencontrer le lendemain à Bruxelles. Pas de temps à perdre, je prends contact, je leur explique la situation, ils expliquent la leur, nous fixons, de commun accord, le rendez-vous. Il faut faire les bagages, les remerciements, les adieux… Mon cœur s'emballe… Et si, et si.

Chemin de retour faisant, nous échangeons sur cette situation rocambolesque ; on souhaitait partir plus tôt de Bretagne, on met sur pied un canular et de canular il en devient réel ; la vie fait parfois bien les choses, c'est ce que nous retiendrons aussi de ces vacances. De longues heures nous séparent encore du rendez-vous.

Nous sommes de retour à la maison. Pas le temps de défaire et ranger nos effets ; un saut sous la douche et direction Bruxelles. Ne pas être en retard, surtout ne pas être en retard…

Nous sommes accueillis par un couple « vieille France » au demeurant bien sympathique. Ils nous expliquent qu'ils représentent le Conseil d'administration avec un autre belge et qu'ils ont mandat de trouver de nouveaux enseignants pour l'année qui va démarrer. Leurs deux enfants sont élèves de cette école, c'est une motivation supplémentaire pour eux. On parle de la vie sur place, des conditions de travail, de rémunérations, d'avantages. De notre côté, nous parlons de notre projet de vie, de nos souhaits et toutes les questions qui nous viennent à l'esprit sont abordées. Il sera sans doute possible pour ma future épouse de trouver un travail sur place dans une ONG au vu des compétences qui sont siennes. Il nous est précisé que le pays est sous tension depuis quelques années et qu'un couvre-feu existe mais que pour nous rassurer, ils nous mettront en relation avec des enseignants qui y travaillent et qui sont en Belgique pour les vacances. Il nous faut répondre rapidement car leur séjour en Belgique se termine. Deux jours de réflexion nous sont attribués. Nous prenons congé non sans avoir pris les coordonnées des enseignants conseillés.

Le trajet du retour, vous vous l'imaginez, est riche en émotions, en craintes. C'est tout de même un sacré changement de vie. Et si cela ne fonctionnait pas et si, et si… D'autant que ma compagne doit laisser tomber son travail ici en Belgique dans le cas d'une décision « africaine ».

Le lendemain, je prends contact avec M. et JL., enseignants sur place depuis un certain temps. L'accueil au téléphone est plutôt rassurant ; ils ont été mis au courant qu'un couple de jeunes serait sans doute intéressé. Nous convenons de nous voir dans la soirée chez eux aux alentours de Wavre. Je dois bien vous avouer qu'il est rare de rencontrer tant d'engouement. Le contact passe admirablement bien. Une amitié réelle est en train de naître… C'est décidé, nous nous lançons ! Nos hôtes sont ravis tout autant que nous le sommes. Je téléphone aussitôt aux responsables et ceux-ci, heureux également, nous demandent de venir signer mon contrat le lendemain à la…Côte belge où ils passent quelques jours avant leur vol de retour. On en aura avalé des kilomètres en peu de temps mais ce n'est rien encore par rapport à ce qui nous attend.

Un rapide passage à la côte pour sceller le contrat et l'aventure peut commencer. Le départ sera prévu vers la mi-septembre ; nous devons nous hâter pour les passeports, les vaccins et les bagages qui prendront leur envol via l'armée belge en poste sur place sous la forme de coopération technique. Il nous est demandé une dernière chose ; le CA souhaiterait que l'on soit marié avant le départ.

Le temps est venu de prévenir nos proches de la décision que nous venons de prendre. Pas une mince affaire. Mes parents s'inquiètent, on tente de les apaiser. Ils sont parents, c'est normal. Mes grands-parents eux sont fiers. Du côté de celle qui va devenir ma femme, c'est encore plus difficile et amusant à la fois. Elle a un numéro de contact au Brésil mais elle ne sait pas si ses parents sont déjà arrivés. Le temps est différent sur l'océan.

Chance, son papa décroche… « Ai deux nouvelles à t'annoncer : la première, je pars en Afrique et la deuxième, je vais me marier… ». Ils ne me connaissent pas, je ne les connais pas, nous ne nous sommes jamais vus.

Il est temps de préparer cette épopée, ce mariage… Que de choses avant les grands sauts ! Nous réussissons, devant l'urgence, à convaincre les édiles communaux de réaliser un mariage civil en dehors des conventions d'usage que sont les publications des bans. Le mariage religieux aura lieu plus tard. La date du 6 septembre est arrêtée. Ce sera sans une partie de la belle-famille…

Voilà, c'est fait ; nous sommes mari et femme et le départ est proche. Nous sommes prêts. On peaufine les derniers détails. JL et M nous ont assuré qu'ils nous épauleraient une fois sur place.

C'est l'occasion pour mon épouse de reprendre contact avec ses parents afin de leur dire au revoir. Au bout du fil, une bien mauvaise nouvelle… Son grand-père est décédé. Son papa revient par avion le 18 septembre aux alentours de 12hrs. Coïncidence, c'est le jour de notre départ ; il est fixé dans la soirée.

Mes parents, au grand cœur, se propose de l'inviter à prendre un repas à la maison ; ce sera l'occasion pour lui de rencontrer son gendre. Nous irons donc deux fois à Zaventem sur la même journée. Je dois bien avouer que cette première rencontre ne me laissera pas un souvenir impérissable mais je reconnais que la situation est pour le moins curieuse. Soit.

C'est l'heure, mes parents nous conduisent à l'aéroport. Le temps des aux revoirs et déjà arrivé. Pincements au cœur, émotions trahissent un stress palpable. Ce départ pour l'inconnu n'est pas une mince affaire que ce soit pour nous ou pour ceux qui restent. Nous les embrassons. Ils ont déjà tout prévu pour notre retour dans un an. Nous serons hébergés par leurs soins le mois que nous passerons en Belgique. Du moins si nous revenons. Cela dépendra des finances, l'école ne prenant qu'une année sur deux le coût des billets à son compte.

8 heures vol. Ce doit être la première fois que je prends l'avion. La mémoire me fait défaut. L'on dormira quelques heures.

GISENYI

Au Pays des mille collines

A peine sur le tarmac de l'aéroport de Kigali, nous sommes dirigés vers la sortie. Il faut attendre les bagages et le passage à la douane. Il y a des militaires en nombre, c'est aussi leur boulot. Inutile de s'en formaliser. Nous passons les contrôles sans aucun problème et, au loin, nous apercevons JL et M faisant de grands signes. Inutile de traîner dans la capitale, il y a encore de la route à faire ; 150 km de routes sinueuses et des paysages qui n'ont pas le temps de tous s'imprimer dans la mémoire. Les premières impressions sont bonnes malgré de multiples arrêts à des barrages parfois improvisés par les militaires qui nous posent toujours la même question : « Où allez-vous ? » JL, habitué, fait le fanfaron. C'est un pli que je prendrai rapidement également.

Nous approchons de Gisenyi qui est considéré comme la cité balnéaire du pays. Proche de Goma (RDC), elle donne sur le lac kivu et est très apprécié du Président du pays et des touristes. Un hôtel grand luxe trône d'ailleurs le long de la plage. Les routes deviennent pistes, l'asphalte se fait très rare sauf sur la corniche, le long de la plage, où l'on peut apercevoir de belles villas.

Le 4x4 s'arrête. Un portique en tôle s'ouvre. C'est ici, nous sommes chez nous. Un rwandais referme aussitôt le portail et ouvre le coffre de la voiture pour y prendre nos sacs. Devant mon air perplexe, JL m'annonce que cet homme se prénomme Sératier et qu'il est, si nous le souhaitons, notre jardinier-homme-à-tout-faire. Un sourire et un bonjour s'en suivent. L'entrée dans le salon nous laisse pantois ; une banderole de bienvenue, des jus de fruits frais nous sont présentés. JL et M ont décidément pensé à tout. Le frigo est aussi rempli et du matériel de première nécessité est gracieusement mis à notre disposition en attendant que nous prenions nos marques.

Je me souviens de ce moment comme si c'était hier. Nous disposons d'une mémoire visuelle assez phénoménale tout de même.

Nos amis décident de nous laisser nous installer. Ce soir ce sera repas près du marché en leur compagnie. La maison est petite avec une terrasse couverte devant comme toutes les maisons ici mais nous le constaterons plus tard. Aux fenêtres, des barreaux. La parcelle est délimitée par un mur sur lequel des tessons de bouteilles ont pris leurs quartiers bien ancrés dans le ciment. « Pour les voleurs » nous dit Sératier qui semble amusé de nos questions. Ce dernier m'informe qu'il restera la nuit aussi pour surveiller en attendant que nous ayons trouvé du personnel de maison supplémentaire. Du personnel de maison, concept que je n'apprécie guère mais c'est ainsi dans pas mal de pays africain. Cela donne du travail aux autochtones.

A peine le temps de déballer nos premières valises que retentit le klaxon du véhicule de JM. Sératier se précipite pour ouvrir. « Alors, bien installé » s'encrie le prof de math. Il fait chaud mais ce climat me plaît, je me sens déjà bien alors qu'il n'y a pas 5 heures que nous sommes arrivés sur le sol rwandais.

JL nous signale que vu le couvre-feu nous ne devons pas trop traîner pour le repas du soir. On s'exécute et nous voilà sur le marché tout proche avec des enfants qui nous lancent du « Musungu » à tout bout de champ auquel JL répond un « Allez » bien appuyé. Musungu… blanc. Nous avons vite compris.

Ce premier repas a lieu sur le marché de Gisenyi dans une petite gargote ; au menu des brochettes et des frites pour tout le monde. Le tout accompagné de sodas ouverts devant nous, c'est le principe d'hygiène de base là-bas. Juste de quoi nous rassasier avant un repos bien mérité.

De retour dans notre « chez nous », les cachets pris contre la malaria, ma première frayeur est une énorme tache dans la salle de bain. Un papillon de nuit

XXL qui me faudra déloger non sans crainte. Par contre, les petits lézards transparents, portant le nom de cheko, sont, quant à eux d'une aide précieuse contre les moustiques dont ils se régalent.

Une nuit sans encombre, une nuit comme il en existe partout ailleurs. Tel est notre lot.

Le premier déjeuner sur le sol rwandais est une merveille du genre ; jus de fruits frais, thé, café, confiture locale…Moi qui ne prenais pas la peine de me sustenter le matin en Belgique, je m'étonne. Sératier, alors qu'il n'est pas cuisinier, s'affaire déjà dans la maison et nous salue avec un grand sourire.

Nos nouveaux amis sont déjà là, c'est l'occasion, avant de partir sur le marché, de prendre un peu le pouls des us et coutumes. Il nous faut un cuisinier, un zamu. Sératier se charge de trouver les perles rares.

Le marché de Gisenyi, haut en couleurs, « ambiance ». Cette visite est divine. Les marchés de Provence n'ont qu'à bien se tenir. Dans les allées, ce ne sont que sourires, chants et plaisirs. JL en profite pour nous expliquer la vie sur place, le marchandage, les trucs et astuces made in Rwanda.

Des pakistanais tiennent quelques échoppes dans le coin commercial, on y trouve des produits de « chez nous » mais à des prix excessifs. On vivra local, c'est aussi cette envie qui nous a amené jusque-là. Fruits, légumes côtoient vannerie, pagnes. Le moment fort est sans nul doute la boucherie à ciel ouvert, on y joue allégrement de la machette dans un nuage de mouches.

De retour à la maison après ce moment magique, Seratier nous présente déjà un cuisinier. Déo. Il fera dorénavant partie de la famille. Une référence que ce cuisinier, nous nous en rendrons compte plus tard. On frappe au portail. Deux soldats armés nous informent de ne pas sortir car ils vont opérer un transfert de prisonniers. Les hommes en rose ; ils sont en effet vêtus de rose. La plupart du temps, ils nettoient les abords des routes et opèrent différents travaux, ce que « chez nous » on nomme travaux d'intérêts généraux. « Chez nous », je m'entends encore le dire…

Deo prend ses marques, c'est lui le patron. Il organise le travail des autres. Le temps est venu des courses, il nous soumet une liste et nous annonce un prix approximatif. Malgré une logique méfiance, nous lui accordons l'argent demandé. Il demande à Sératier de l'accompagner. Il fait chaud, nous devons nous habituer à cette chaleur. Soudain, des tirs, proches, des cris… Deux prisonniers ont tenté de s'échapper. La prison est en effet en face de notre maison. Guère rassurant tout cela.

C'est en quelque sorte de cette manière que débuta l'aventure rwandaise. Elle se terminera en 1994…

PRISONNIER…

Prisonnier de mes souvenirs. Rwanda 94, l'horreur traitée comme fait divers.

23 ans après, le monde se pose encore la question et je fais partie de ce monde. Les Etats se rejettent encore les responsabilités. Comme bien souvent l'économique a pris le dessus sur l'humain. On en a oublié le million de morts.

23 ans après, j'ai encore cette foutue impression de ne pas être là où je devrais être. Un terrible sentiment d'inachevé me torture. « Sinibagirwa », c'est impossible. On ne peut pas rayer une partie de sa vie comme cela si minime soit-elle.

Prisonnier de mes souvenirs, je n'apercevais pas le bout du tunnel. Comment échapper à cela, comment se libérer de ce poids porté depuis trop longtemps ? On m'avait pourtant dit que le temps guérissait les blessures mais les miennes étaient tellement profondes que cela semblait impossible. Trop meurtri dans ma chair, les plaies restaient béantes.

Je devais pourtant sortir de cette bulle, de cet isolement. Je me devais de libérer ma pensée, de briser les chaînes qui m'attachaient au passé.

Je me retrouvais seul, absolument seul… Prisonnier d'une solitude qui ne sied pas à l'homme parce qu'elle n'est pas souhaitée… Les responsables ? Sans doute moi, la méchanceté gratuite, la jalousie, l'envie, … et les autres. Sartre a écrit « L'enfer, c'est les autres »… Nos rapports aux autres seraient donc viciés dès le départ ? Je n'étais pas loin de le penser… Dans notre société dite moderne – mais est-ce vraiment l'apanage de ladite société -, nul ne veut être tenu responsable de ce qui lui arrive mais moi, qu'y pouvais-je vraiment ?

Il s'est propagé à la vitesse d'un tsunami, imperceptible au large mais tellement destructeur en vue de sa proie…Que devais-je faire, comment devais-je réagir face à ce fléau ? Je me suis défendu alors même qu'il était trop tard, je me suis battu, avec mes faibles armes, mais il a eu raison de moi. Il ne me restait plus qu'à tenter de reprendre pied, me reconstruire tout en faisant le deuil d'une vie passée, révolue. Me reconstruire par le deuil, voilà une bien singulière situation.

Prisonnier de la norme

Issu d'une famille « bien comme il faut » comme la norme nous la décrit, vous savez, cette norme qui vous formate au point où vous en perdez parfois votre propre identité, je rêvais d'espace, de grandeur derrière une timidité qui me collait à la peau… Effacé pendant mes études, mes loisirs, je me réfugiais longuement dans la lecture laissant les mots inonder mon esprit, faisant corps avec mon âme… Les mots, sans doute la seule chose qui me permettait d'être, de vivre malgré un manque probant de communication. Je savourais chaque lettre, chaque syllabe, chaque mot, chaque phrase … Il m'arrivait même d'acheter le même ouvrage en deux exemplaires ; l'un pour mes notes, l'autre pour ma bibliothèque en espérant un jour, secrètement, la léguer à ma descendance. Je griffonnais quelques remarques, entourait des mots, rêvait à des passages, m'enfermait dans cette liberté que j'y trouvais… Mes autres loisirs étaient consacrés au sport …en aurait-il été autrement pour un jeune garçon ?

Une enfance comme une autre avec ses joies, ses peines …

Ce paradoxe entre l'amour des mots et ma timidité silencieuse, entretenu pendant de nombreuses années, il fallut le combattre, l'affronter. De temps à autre je me laissais aller à l'exercice oratoire lors des repas de famille attirant la sympathie et, il faut le reconnaître, la bienveillance de mon public mais rares étaient les moments où je pouvais m'exprimer en étant à l'aise… J'apprenais même une série de blagues, choisies avec précision, afin, quand je le pouvais, en placer l'une ou l'autre çà et là…

On me disait intello derrière mes petites lunettes… Intello… Je ne sais d'ailleurs toujours pas ce que ce mot signifie… Est-ce ne pas savoir se servir de ses mains ? De parler de choses que la plupart des gens ne comprennent pas ? L'étiquette, déjà, me collait à la peau… Ce petit bonhomme insignifiant pour la plupart serait sans doute un modeste rond de cuir dans une sombre salle se disait-on… Pourtant, mes professeurs de primaire voyaient en moi un futur leader, celui que l'on allait écouter, que l'on allait respecter … C'était sans compter cette fameuse timidité qui m'empêchera un certain temps de développer une personnalité plus apte à vivre dans le monde réel.

Prisonnier du système

Après des études secondaires mathématiques – parce que c'était à la mode en ce temps-là -, je choisis la voie littéraire avec non pas l'envie d'écrire mais surtout de voir ce qui se cachait sous les mots, les phrases, les livres… « Je veux être journaliste » m'étais-je exclamé devant les membres du PMS ébahis venus estimer mes capacités… Je me dirigeai cependant vers l'enseignement se disant que ce bagage me permettrait de mieux appréhender des études de journalisme plus tard. Objectif que je m'étais fixé, moi, le timide, sans doute pour vaincre ce qualificatif qui imbibait mon corps, mon esprit…

De fil en aiguilles parfois de mauvaise qualité, je suis arrivé non sans mal à cette première étape sans passer par des cours de diction qu'on me sommait de suivre. L'accent régional tant apprécié de nos jours était, à l'époque, sans doute, une tare pour les bien-pensants … 4 ans d'études qui eurent raison de mon envie d'écrire dans les journaux… L'envie d'entrer dans le monde du travail et de gagner mon indépendance étant plus fortes…

Et me voilà parti d'écoles en écoles, bravant les trop nombreux interdits que l'enseignement ne permettait, me voyant, comme dans le cercle des poètes disparus, dispenser mon savoir, l'amour de la langue française à bon nombre d'étudiants qui n'en avaient, pour la plupart, cure.

Il me fallait garder le cap et ne pas me fondre dans la masse des professeurs-devenus-fatalistes ? Non, il était sans doute trop tôt et mes envies de liberté, de révolution me poussaient à poursuivre ma quête… Donner l'envie…

Donner l'envie ; l'objectif suprême, ce à quoi l'on aspire toutes et tous… quel que soit le domaine dans lequel on œuvre. L'envie de partager, d'apprendre, de vivre, de survivre. Le timide ne l'était plus ; tel un conquérant, je partais à la rencontre du monde avec comme seul bagage mes mots et un diplôme.

Les mots, j'ai appris bien vite aussi qu'ils pouvaient devenir des maux et, habilement, je les ai utilisés aussi en ce sens, question de protection, moi, l'être frêle, qu'un simple coup aurait jeté au sol … Les mots étaient ma seule mais ô combien précieuse défense.

C'est alors que se présenta l'occasion de rêver à d'autres contrées… loin, si loin de la famille qui m'avait élevé, de mes proches, de mes amis du moment… Une rencontre, un mariage, un départ pour ce continent inconnu… en tentant de (me) rassurer.

« L'Afrique, si après 15 jours, tu ne t'y sens pas bien… tu prends tes bagages, tu ne te poses plus de questions et tu retournes d'où tu viens » m'avait-on asséné ; simple et compliqué comme conseil… Et pourtant tellement vrai…

Le mariage fut l'occasion, notamment, de dire au revoir aux proches et à ma famille… sans savoir que cet au revoir allait devenir un adieu pour certains… ne faisant pas mentir l'adage « loin du cœur, loin des yeux » mais pour d'autres funestes raisons également : la vie n'est pas éternelle.

A notre arrivée dans cette contrée inconnue et dans laquelle nous n'avions comme repères que des collègues bien sympathiques, la chaleur tropicale et humaine eut raison rapidement de nous ; il ne nous fallut pas les quinze jours fatidiques pour savoir que nous étions, enfin, à notre place. Du moins, c'est ce que je ressentais… L'avenir en effet, me fera prendre conscience, qu'on ne connaît pas forcément bien les gens avec lesquels on est si proche…

Des étudiants qui voulaient apprendre, des parents qui soutenaient les initiatives, une population souriante, avenante, … tout était en place pour… Si le paradis sur terre existe, il devait sans nul doute être là !

La guerre ? Elle était bien présente mais elle n'empêchait pas la vie aussi curieux que cela puisse paraître. La guerre, celle dont lui parlaient mes fabuleux grands-parents à chacune de mes visites, celle qu'on abominait, celle dont on jurait qu'elle n'existerait plus dans son concept d'être prédominant… elle allait pourtant revivre alimentée par d'absurdes théories trop encore véhiculées de nos jours. Elle était là, latente… comme une espèce de virus se propageant en silence… La guerre du silence !

4 ans de rêve éveillé, une vie supplémentaire dans le couple, un enfant né de l'amour, je ne pouvais espérer davantage… je ne pouvais… J'écrirai ceci plus tard à son sujet : Elle était là toute fragile. J'étais là, bien plus fébrile. Le temps a passé, elle a grandi. De mon côté, j'ai vieilli. Je la connais depuis son plus jeune âge. Je l'ai accompagnée tout au long d'une partie de sa vie. Que de moments partagés dans l'insouciance et la gaieté … J'entends encore ses rires résonner en moi. Ce ne fut pas toujours facile – c'est aussi ça la vie – mais l'on ne garde que les meilleurs moments. Moments qui furent d'ailleurs bien plus nombreux que les « autres », vous savez, ceux qui vous minent. Elle trace son chemin maintenant, *comme une grande* qu'elle est devenue. Il sera encore semé d'embûches, de trous, mais elle dispose des armes nécessaires pour s'en sortir. On a tout fait pour…enfin presque. Devenue papillon, je la vois s'éloigner, s'épanouir, devenir femme. Elle est ma fierté, mon cœur, ma foi. Notre « chez nous » est depuis quelque temps désert mais l'important, c'est bien elle. Peut-être qu'un jour elle comprendra car la vie, ce n'est pas toujours juste une question de choix. Quoi qu'il en soit, pardonne-moi pour ce que j'ai fait …ou pas. Fabriquons-nous encore de beaux souvenirs car c'est, un jour, tout ce qui restera.

Prisonnier du mensonge

C'était sans compter sur cette maudite bêtise humaine, celle qui fait que l'homme est avant tout un animal… Le conflit ethnique vint raser tout ; la vie, les espoirs, l'envie, le savoir… La guerre eut raison de moi et c'est la mort dans l'âme que le retour vers la terre natale devint impératif. Un brusque coût d'arrêt dans ma quête de la vie.

Dans ce malheur qui frappa toute une nation, je me réfugiai, vivant, voulant dénoncer mais, pour des raisons que je ne m'explique toujours pas, je n'en eus pas le courage… j'avais tout, je n'avais plus rien… Il fallait (se) reconstruire. Comment, où,… Le regard de ma petite fille suffisait pour me donner le courage d'à nouveau avancer …

Le retour au pays se fit sans trop de mal ; la famille, du moins une partie, fit en sorte que nous puissions retrouver un semblant de vie… Quelque chose s'était cependant cassé en moi … Il fallait pourtant se nourrir, vivre à nouveau, croire à nouveau… Les amis de l'époque avaient disparu… la vie est ainsi faite ; vous rencontrez des gens qui, pour on ne sait pour quelles raisons, sortent, avec le temps de votre vie…

La santé de ma fille, la recherche d'emploi furent donc mes principales préoccupations dans les mois, les années qui suivirent cette aventure trop éphémère… si loin du bonheur que je m'étais découvert là-bas.

Pendant ce temps-là, la rumeur allait, sans que je ne m'en rende compte, faire son travail de sape… Mesquine, méchante… Mais est-ce vraiment elle seule qui mit à mal tout ce que j'avais, jusque-là, construit, est-ce celles et ceux qui l'alimentaient ? J'allais le savoir … trop tardivement.

La reconstruction devait passer par l'achat d'un bien, d'un vrai chez soi… Là où l'on se réfugie quand cela ne va pas, là où l'on retrouve tous les soirs les êtres aimés, là où l'on reçoit ses amis, ses proches, sa famille… Le nouveau départ était annoncé et la vie allait pouvoir reprendre son cours normal avec, comme il se doit, ses hauts et ses bas…

Du timide étudiant, j'étais devenu un homme avec ses douleurs, son envie de dire tout haut ce que d'autres taisaient… Ce que je ne manquais pas de faire régulièrement et parfois à mes dépens. Qu'importe, je me sentais entier, vrai, nature… Je relativisais beaucoup après ce que j'avais vécu sur le continent africain ; une école de vie me dis-je encore…

Mais à vouloir trop en faire, j'ai peut-être délaissé ce que je croyais être acquis… Était-ce là ma faiblesse ? Il m'est encore difficile de répondre à cette question mais moi qui, sans méfiance, accordait ma confiance à qui voulait la recevoir, j'allais, peu à peu, perdre bien plus que je ne l'aurais imaginé… La rumeur poursuivait son œuvre de mise à mort… accompagnée, je m'en rendrai compte bien tard, du mensonge…

ET TOUJOURS ELLE ATTEND

Des années durant, pour ma nouvelle fonction, j'ai parcouru ma région de bout en bout et plus encore ; il y allait presque de ma vie, il fallait trouver les personnes aptes à représenter au mieux les citoyens ; toujours dans l'ombre, parfois dans la lumière… mais les coups de gueule étaient assurément pour moi… Je me disais sans cesse que je devais en faire plus encore et encore et encore. De temps à autre, j'aurais tant voulu que ma famille me suive, participe à ce que je pensai être l'œuvre de ma vie mais pour toute réponse je recevais du « cela ne m'intéresse guère mais si c'est important pour toi, fais-le ». Et j'y allais de plus belle, encore et toujours, avec ma hargne, mon éternelle naïveté – que j'appelle maintenant ainsi avec ce que je sais – 10 ans de combat pour que ma mission puisse porter ses fruits, 10 ans pendant lesquels j'ai côtoyé trahison, dérobades, coups bas… mais qu'importe, je revenais toujours, avec bonheur dans mon foyer, là où étaient les êtres aimés… du moins, c'est ce que je pensais.

Un désaccord professionnel mis un terme à cette aventure ; je n'étais pas de taille à affronter à armes égales celle qui ne croyait pas ou plus en lui… Et, après un baroud d'honneur que je savais vain, je me retirai sans faire de bruit… Une autre page se tournait pendant que dans mon dos une autre, bien moins glorieuse, se construisait….

Ne voyant toujours pas d'où le mauvais vent venait, je me suis lancé alors dans une entreprise périlleuse mais pourtant noble à savoir de travailler pour moi et de ne plus devoir rendre des comptes ; un début prometteur me laissa entrevoir des perspectives qui, hélas, ne furent que de courtes durées. M'entêtant, je venais de commencer à tresser la corde qui allait me faire tomber…

Ma fille grandissait et était promise au plus bel avenir ; des parents aimants, d'autres rêves en tête… Je repris, après quelques piges dans différents boulots, le chemin de l'enseignement mais sans l'âme qui m'avait poussé à l'époque ;

j'étais devenu un de ces enseignants-résignés comme il y en a de plus en plus de nos jours et qu'on ne peut cependant blâmer… Une âme éteinte qui sentait aussi que la personne sur laquelle il comptait le plus le laissait tomber…

Un savant machiavélisme s'étalait au grand jour et pourtant je ne voulais toujours pas le voir, croyant que cela n'était qu'une mauvaise passe…

Le « je dois prendre du recul pour réfléchir » arriva comme un coup de semonce pris en pleine face ; je n'ai pas compris d'autant, je l'appris plus tard, que tout n'était que tissus fourbes… Moi qui n'avais jamais pensé qu'aux autres, je me retrouvais dans les cordes ; le KO avait été immédiat…

Le mensonge avait fait son œuvre, utilisé de maître façon… La rancœur n'en était que plus vive mais je me devais de supporter le poids d'une responsabilité que je refusai mais qui m'était nécessaire pour rebâtir quelque chose de solide…

Pardonner, la condition sine qua non pour regarder à nouveau vers l'avenir ? Là est sans doute la clé d'une nouvelle vie.

Je trouvai refuge dans une passion que je croyais perdue ; l'écriture… Ecrire pour me sauver, écrire pour me soigner… Quelle belle thérapie que de coucher les mots, parfois maladroitement, sur le papier… sans prétention aucune juste pour exister à mes propres yeux.

J'écris sur tout, sur rien…un mot, une phrase, un (court) texte… J'écris…pour me libérer.

Ecrire par plaisir, par dépit, pour rire, pour pleurer, pour bouger, pour souffler le vent, pour donner envie, pour avoir envie, par amour… L'écriture peut-être un fléau ou un bonheur mais dans mon chef, la plume libère l'esprit. Il a fallu 20 ans pour que je m'en rende compte.

Je suis né en 2012. La vie commence à 40 ans, dit-on. Désolé, j'ai pris un peu de retard. Que tu sois né(e) ou pas encore né(e), j'ai la joie de t'annoncer ma naissance ! La joie d'être au début du milieu peut-être ? Quand on est jeune on veut être plus vieux, quand on est vieux on veut être plus jeune, mais quand on arrive à la quarantaine, on n'est ni jeune ni vieux.

Disons que je suis un peu moins jeune qu'à 40 ans. Des années en plus ? Un simple lancer de dé pipé, non ? Pourquoi donc la vie commencerait-elle à 40 ans, me direz-vous ? Sans compter le fait qu'elle peut finir avant (Ouf sauvé, j'ai passé le cap).

Pourquoi nous faire venir si longtemps en avance ? Si on vit à partir de 40 ans, cela sous-entend qu'on ne vit pas avant cet âge. Si on ne vit pas, que fait-on ? On se prépare à vivre bien sûr ! On ne peut jouir d'un habitat qu'une fois qu'on y est bien installé. Et l'habitat intrinsèque de chacun, c'est la vie ! D'abord on passe son temps à attendre un rêve qui ajourne chaque jour son rendez-vous au lendemain. On se persuade que l'aujourd'hui pas terrible n'est que provisoire et laissera place tôt ou tard (plutôt tôt que tard) à un demain meilleur.

Après quatre décennies d'illusions et de désillusions, on commence à se résoudre à l'idée qu'il nous faudra faire avec ce dont on dispose. Alors on cesse de chercher l'inexistant et on commence à faire avec ce qui existe. C'est pourquoi on commence à exister. Mais ne vous inquiétez pas j'ai encore bon nombre d'illusions en magasin ! Après m'être préparé à vivre pendant quarante ans et quelque, me voilà donc prêt à vivre ? Mais que signifie vivre sachant que ça ne durera pas ? Bien mourir n'est-il pas plus important que bien vivre ? Puisque la mort est la seule porte d'entrée vers la vie suivante, autant s'atteler à trouver une bonne porte et la bonne clé… Mais on n'en est pas encore là !

Et que fait-on quand on arrive en haut d'une montagne ? …On en redescend ! Ainsi, après m'être bien préparé à vivre, je peux dès à présent bien me préparer à mourir mais sans trop y penser car j'ai encore toute la vie devant moi... Vous m'avez suivi ? Je pète la forme, j'ai l'envie (d'avoir envie) d'aller jusqu'au bout de mes rêves... Alors en route pour cette nouvelle vie.

Cette façon de m'exprimer après ce divorce peut choquer, j'en suis conscient mais elle m'a libéré d'un poids. Je n'oublie pas, j'avance. Sinibagirwa.

Souvent, nous ne nous autorisons pas le droit à « être bien ». Il est vrai que dans les moments difficiles, il est parfois prétentieux de dire que tout va bien. C'est un peu comme si quelque part, nous n'avions pas le droit d'être heureux. Et puis, il y a une raison plus simplement humaine : nous nous focalisons davantage sur les mauvais moments que sur les bons. Par conséquent, nous ne les voyons presque plus, sauf si ce sont de grands moments, qui sortent du quotidien.

Pourtant, un coup de fil à un ami, cinq minutes prises pour soi, un bon dîner sont autant de petites bribes qui égayent nos journées, et qui, même si elles ne sont pas à placer sur le même plan que nos soucis et contrariétés, restent agréables à garder en tête. D'ailleurs, nous devrions tous faire chaque jour le bilan de notre journée : il est très important de se remémorer les bons instants que nous avons vécu. Et faire le point aussi. Le tout, dans une optique constructive, afin de trouver des solutions pour affronter les difficultés.

Gardons cependant à l'esprit que de toute façon, nous ne pouvons pas toujours «être bien». Accepter qu'il y ait des moments difficiles, désagréables et douloureux dans notre vie. Ce qui est important n'est d'ailleurs pas de les supprimer-ce n'est pas possible-, mais de parvenir à les gérer. Nous avons en nous des capacités pour le faire. Pour les trouver, il suffit de relire son passé, son histoire, et de se demander : où est-ce que dans ma vie, j'ai déjà réussi à m'en sortir ? Un tel travail permet de prendre confiance pour la suite. C'est une question de temps. Et celui-ci passe.

Cette question du temps qui passe préoccupe tous les êtres humains depuis des temps très anciens. Mais le poids de ce temps qui s'écoule n'est pas vécu par tous de la même manière.

Pour les uns, temps effroyable, oppressant, pour d'autres, il est nostalgie, regret de la jeunesse. Il peut être celui de la résignation, certains combattent leur angoisse en se donnant l'illusion de combattre le temps, c'est le temps de la révolte contre le temps.

Il est quelques fois sujet à une rêverie de l'accomplissement… de la sagesse. J'ai une prédilection pour ce dernier. Cette sagesse, elle s'apprend. J'ai encore tant de choses à apprendre. Elle s'enseigne, j'en suis encore loin.

OÙ LE VENT T'EMMENE

Lorsqu'une aventure se termine, une autre commence nous dit-on. Je me souviens encore du moment où je lançais à qui voulait l'entendre que mon cœur était en Afrique et que, même s'il fallait 20 ans, j'y retournerais. Plus le temps passait, plus ce vœu devenait pieux. Et pourtant…

C'est en 2015 au moment où le printemps s'annonce qu'une connaissance me proposa de postuler un emploi au Bénin. Etonnante proposition à plus d'un titre parce que, d'une part, cette connaissance est une amie d'enfance perdue de vue et d'autre part parce cette offre n'était diffusée qu'en interne au niveau de l'aide à la jeunesse.

21 ans hors d'Afrique, un an de retard sur les espérances. Un signe ? Je me lançai. Après tout, j'étais libre. De rencontres en réunions, de questionnaires à questionnaires, de paperasseries en paperasseries, me voilà arrivé à obtenir le sésame tant convoité.

3 mois de patience avant la nouvelle aventure, 3 mois pour préparer ma famille, mon voyage, mes amis. Ce ne fut pas simple. Couper à nouveau les racines, quitter ma fille qui allait entrer dans la vie active après des études appliquées.

Le jour J est arrivé rapidement et c'est donc le 29 septembre que je mis le pied sur le territoire béninois. Il m'est difficile d'exprimer ici le sentiment qui m'a envahi sur le moment parce que les mots n'existent pas. Je peux juste dire que je me suis senti revivre.

Ouidah, cité historique du Bénin

Mon port – je ne croyais pas si bien dire - d'attache est Ouidah, cité historique du Bénin, tristement célèbre en tant que port négrier d'un temps funeste et capitale internationale du vodoun.

A mes yeux, Ouidah, c'est un peu comme Hannut, la ville belge que j'ai quitté ; une ville à la campagne…mais avec 90.000 habitants. La comparaison s'arrête là.

On peut s'y perdre facilement, croyez-en ma petite expérience -déambuler sans pouvoir expliquer d'où on vient-, car les vons se ressemblent. Les vons sont, à la manière d'un damier, tantôt chaotiques (autant de nids de poule qu'en Wallonie (sic)), tantôt sous eau et/ou ne menant nulle part. Qu'importe, elles vivent. Pas une d'entre elles sans un petit commerce d'essence (en bouteilles), de légumes,… C'est au cri de « Yovo, yovo » qu'on vous accueille… Ce à quoi je me plais de répondre « Mèwi, Mèwi », une histoire en(tre) blanc et noir en quelque sorte mais haute en couleurs. Le « donne-moi de l'argent » irritant du départ devient rapidement un sourire, un petit geste amical.

Ça grouille de motos… plus que de voiture, ça roule dans tous les sens et à contre sens aussi ! Code de la route ? C'est quoi ce truc ? Mais on s'y fait facilement et à coups de klaxon !

Bref, ça vit, ça vibre, ça chante et ça gueule aussi.

Tout est chinois en matière de véhicules (surtout les motos), matériels…. A n'y rien comprendre… C'est du… chinois. Contre sens, contrefaçon, … mais le béninois est…pour.

Le béninois, parlons-en. Il sourit, il rit, la vie est ainsi. Ça me fait penser qu'on organiserait bien quelques charters d'européens râleurs vers Cotonou, histoire qu'ils puissent se rendre compte qu'ils ne sont pas si mal lotis « chez nous ». On va « un peu », on « arrive déjà » (une heure après mais qu'est-ce qu'une heure dans une vie ?). Le quart d'heure béninois ai-je envie de dire…

Il n'est pas un jour sans que je ne constate du retard… Non pas dans mon travail, non pas dans ma prise de rendez-vous mais bien en ce qui concerne les personnes avec lesquelles j'ai ces rendez-vous.

Jamais à l'heure, les excuses du « j'arrive déjà », « je suis à côté » et j'en passe m'exaspèrent au plus haut point surtout quand d'autres activités sont prévues. Et il ne s'agit pas de 15 minutes mais bien de longues heures !!!

En Afrique la notion du temps n'est pas pareille qu'en Occident. Pendant que les Occidentaux sont pointilleux sur l'heure, les africains préfèrent gérer le temps à l'africaine…

Un proverbe africain dit que quand la tête se comporte mal, tout le corps suit le mouvement. Le retard est une culture en Afrique : plus on se fait attendre, plus on se sent important me dit-on parfois. Le citoyen lambda africain pense-t-il vraiment être important en prenant exemple sur l'un ou l'autre élu adepte du retard ? Je ne me prononcerai pas au risque de béninoiseries.

J'estime, pour ma part, que *La ponctualité est la politesse des rois*. Le béninois me répondra sans doute *le blanc a l'heure, le béninois a le temps*.

Avant l'heure, c'est pas l'heure, après l'heure, c'est plus l'heure ai-je tendance à dire en maugréant mais on s'en accommode tout en gardant ses principes.

Cela n'empêche que je suis (presque) comme un poisson dans l'eau… et j'en mange en plus ! On ne comprend pas toujours mon penchant pour le second degré mais ils vont s'y faire et moi aussi.

Le calembour à la béninoise

« Une béninoise, svp ». – « En pagne ou à la bouteille ? »… Plus simple avec la Jupiler tout de même, non ?

Je m'en voudrais de ne pas parler de moments magiques à l'aube de cette aventure humaine : cette rencontre qui a conforté mon idée d'être là où je devais être.

En cette période où l'hospitalité est de moins en moins acceptée « ici et ailleurs », imaginez qu'une journée débute comme une autre. Rien de plus normal. Pourtant un appel téléphonique va changer cette journée banale, comme on en vit tous les jours, en un moment magique, ce que, bien entendu, vous ne savez pas encore…

En route pour une visite aux pêcheurs « ouidahniens »…Je prends la « route des pêches », celle qui relie Cotonou à Ouidah, en longeant la côte. Cette route fait 30 km environ et est parsemée de villages de pêcheurs. La pêche, activité qui pourrait être menacée par un projet touristique que je qualifierais du plus mauvais goût. Est-ce cela l'avenir touristique de la région ? Pour ma part, la réponse est non. Je vous invite à venir vous rendre compte par vous-mêmes de la splendeur actuelle des lieux. Cette route est un des plus beaux joyaux naturel et historique de l'Afrique de l'Ouest. Cette piste ancestrale file au cœur des traditions, elle en est la sève, c'est l'identité culturelle du Bénin.

Mais revenons à ce moment …Arrivé sur place, il faut attendre quelques heures avant qu'ils ne rentrent. Je m'aventure donc dans l'océan, juste un peu comme l'on dit ici, car la houle accompagnée de déferlantes – oui, oui, c'est possible – est sévère pour qui s'y aventure.

De filets en aiguilles – j'aime l'expression adaptée aux circonstances -, nous les voyons revenir sur leurs impressionnantes pirogues. Les premiers occupants, à une cinquantaine de mètres du rivage, sautent à l'eau avec tantôt un bidon comme bouée, tantôt un seau fermé comme récipient pour quelques premiers poissons. Les filets sont tirés sur le rivage. Les filets sont remplis, c'est une bonne pioche. Partis depuis deux heures du matin parfois, ils restent des heures sur l'eau. Des heures… Deux sorties par jour aussi, parfois…Le tri commence, la solidarité s'organise. On vend mais on aide aussi à remonter au sec ces mastodontes de bois, souvent construit au Ghana… 20, 30, parfois 40 personnes s'emparent des cordes et, en rythme, tirent leur outil de travail sur le sable moyennant des astuces dignes des égyptiens de l'époque des grandes pyramides. Je m'y suis essayé quelques minutes, j'y aurais laissé les mains… Abnégation, force, solidarité sont leurs atouts. La vente continue, on négocie, on crie, on patiente… une vente à la criée béninoise… Je décide alors de les laisser terminer leur travail. Ils me disent qu'ils vont me rejoindre, nous rejoindre. Je ne suis pas seul lors de cette journée. Nous nous installons dans un maquis le long de la plage, ils nous retrouvent. Une bière, une deuxième… On échange, on rit… Ils nous demandent de les suivre, que nous réservent-ils ? On prend notre véhicule, ils prennent leurs motos… Un kilomètre, deux kilomètres. On s'arrête sous un léger abri fait de cocotiers. La nourriture arrive ; du poisson, de la pâte, de la sauce et du piment. Nous sommes invités à partager leur repas. Des personnes s'arrêtent, quémandent un peu de nourriture. Le responsable du groupe les invite à s'asseoir avec nous ! Waouw. Nous restons un long mais précieux moment à manger à même le sable. Savoureux, magique, profond moment d'ouverture et d'éclairage pour le « yovo » que je suis. Et ce n'est pas tout. Après ce repas dans le milieu de l'après-midi, nous partons avec eux dans Ouidah. Un premier arrêt, un second. Le troisième est le définitif : un autre maquis, avec musique cette fois-ci. Il nous est interdit de sortir notre portefeuille, nous sommes invités. Whisky, avec modération, sucreries telles qu'on définit le coca ici, béninoises et… poulet braisé, pâtes et piment, raisons de nos arrêts précédents… La soirée commence. Rires, chants ponctuent sans doute l'une des plus belles journées depuis mon arrivée au Bénin. Que du bonheur… Rien à donner en échange, un **geste fort**, une **générosité à toute épreuve**. Imaginez maintenant la même chose en Belgique ; fin de matinée, vous allez à la rencontre de personnes dont vous ne connaissiez pas même l'existence lors de votre petit déjeuner. Vous échangez, vous partagez et vous vous retrouvez à leur table le soir. Vous y croyez ? Ici, ce n'est pas un rêve mais une réalité. Je l'ai vécue, je suis privilégié. Je suis heureux et je sais qu'ils n'attendent pas un « à charge de revanche ». Le geste est gratuit et fort. L'accueil, l'hospitalité ne sont pas de vains mots ici. J'en sais maintenant quelque chose…

Mi na no y yovo, na ni Fabrice (OU na ni yovo a)

De la bouteille au pagne

Je ne vous parlerai pas du travail qui m'a amené ici. Vous vous en foutez non ? Je vous parle d'une vie, de ma vie, réduite certes à l'expression de quelques mots couchés sur du papier. Je me raconte au travers des sentiments, des rencontres, des moments de solitude aussi. Cette solitude dans laquelle je me réfugie pour, de temps à autre, réfléchir à cette existence. Je réfléchis et puis zut, pourquoi ne pas parler de ce qui m'amène ici. J'ai d'ailleurs déjà évoqué l'Aide à la jeunesse.

Je suis coordinateur d'une structure qui accueille de jeunes belges au Bénin et qui sont en conflit avec la loi, avec leurs parents, avec eux-mêmes. Pendant trois mois, ils vont vivre à la béninoise dans des familles d'accueil, travailler le champ, se rendre à la pêche et pouvoir relativiser les aléas de leurs vies tout en apprenant une vie culturellement différente mais riche en enseignement. Je m'occupe également, avec l'équipe béninoise, d'un petit centre qui tente d'aider les enfants handicapés béninois. Description brève et précise. A mes yeux *en tout cas…vraiment.*

Parallèlement à cette vie professionnelle, il y a l'autre. L'essentielle. C'est ce que je pense profondément. Des tranches de vie, ces choses qui vous font vibrer, réagir.

Comme cette rencontre en décembre 2016, peu de temps avant le retour en Belgique pour les vacances. Je me retrouve intervenant lors d'un débat d'informations sur les personnes handicapées.

Alors que je parlais avec ma voisine, mon regard se porta un siège plus loin. Elle était là, concentrée sur son travail. «C'est elle » ai-je de suite pensé. Le pourquoi de cette fulgurance n'a pas encore de répons, tout ce que je sais c'est qu'il ne pouvait en être autrement. Cette évidence m'envahissait au point de ne plus être présent dans cette salle, de ne plus être parmi les hôtes du jour. Je ne voyais qu'elle au point de ne pas entendre l'appel de mon nom en tant que conférencier.

Cette élégance, ce sourire m'en avaient fait oublier mon discours. Qu'importe, je me devais d'assumer mais avec un nouveau paramètre ; attirer son attention. Après de longues tirades sur le comment du pourquoi, devenu si accessoire depuis cette apparition, j'ai laissé mon esprit divaguer.

Comment l'aborder, et si elle ne répondait pas favorablement à mon intérêt, et si …et si. Le seul moyen de le savoir était un premier pas. Mais comment, comment ne pas paraître maladroit, comment ne pas passer pour un goujat, comment quand on est issu de cultures si différentes et si proches à la fois ?

Je fus sorti de mes songes lorsqu'elle se leva, à son tour, à l'appel de son nom par le maître de cérémonie.

Lentement, elle se dirigea au-devant de la scène, pris le micro et conforta l'enchantement qui était mien ; une voix à la fois douce et sombre, une intonation donnant l'impression que les mots volaient dans la salle. Je n'écoutais plus ma voisine, je n'avais d'yeux que pour elle. Elle reprit sa place après avoir croisé mon regard, j'esquissai un léger sourire en lui adressant un « bravo pour votre intervention » auquel elle répondit par un merci.

Sur le moment, je n'ai pu m'empêcher de me dire que j'aurais pu trouver quelque chose de plus intelligent à dire tout en essayant de me convaincre que son merci était déjà une petite avancée.

La conférence venant à terme, je me devais d'en savoir plus, d'avoir un échange plus concret.

Dehors, le temps s'était mis à l'orage. Des trombes d'eau. En m'approchant d'elle, je compris qu'elle devait se rendre à la gare des taxis mais qu'elle n'avait pas de moyens pour s'y rendre. Le destin m'envoyait un message que je saisis aussitôt. La conversation pouvait commencer. Je me lançai donc en me présentant, en sortant quelques futilités dont j'avais le secret et en lui annonçant que j'avais surpris sa conversation et que je me proposais de l'accompagner. C'est sa voisine qui me répondit en me remerciant.

Surpris et quelque peu désappointé de me retrouver face à deux personnes, sa voix brisa le silence et elle m'expliqua qu'elle avait apprécié mes propos lors de la conférence, qu'elle était sensible à mes arguments puisqu'étant elle-même une personne handicapée tout en acceptant que je puisse les raccompagner. A son « je suis malvoyante » je répondis aussitôt qu'on ne voyait bien qu'avec le cœur.

Nous prîmes le chemin de la gare en échangeant et à mon « pourrait-on se revoir » elle répondit que le lendemain elle serait à nouveau présente en ces lieux pour le concert organisé au profit de l'œuvre qui nous avait permis de nous rencontrer.

Inutile de vous dire que mon cœur prit des accents plus toniques que d'habitude et que ma soirée se résuma à un espoir sans fin.

Nous nous retrouvâmes le lendemain et, entre deux prestations, - elle est aussi chanteuse – nous échangeâmes sous le regard parfois curieux, parfois bienveillants des autres. Je n'en dirai pas davantage. Je me livre jusqu'à un certain point et je ne souhaite pas qu'il soit de non-retour.

Moment magique, je vous le disais qu'il soit fugace, futile, momentané, éternel.

D'autres m'ont parfois poussé à bout et m'ont fait paraphraser. Je suis fatigué patron, fatigué de devoir courir dans tous les sens et d'être seul comme un cabri sous l'Harmattan... Fatigué de devoir répéter sans cesse les mêmes choses, sans qu'on me dise exactement où on va, en sachant d'où on vient et pourquoi... Mais surtout je suis fatigué de voir que mes demandes sont sans réponse pendant qu'on en exige toujours plus, je suis fatigué des absences de mémoire des uns, fatigué des trous de mémoire des autres, fatigué des remarques pseudo-philosophiques sous le fallacieux prétexte d'un travail d'équipe, fatigué de devoir ...fermer ma gueule ! Je me souviens avoir écrit cette petite phrase dans mon carnet secret : « A toi ô bourreau. J'ai subi tes outrages, tu voulais ma tête dans ton panier. Pour tout résultat, tu ne récoltes qu'un pied de nez et c'est ainsi que je m'en retourne non pas les pieds devant mais en avançant pas à pas vers un destin mérité... »

Ces mauvais moments n'ont jamais perduré très longtemps. Je suis devenu un rencontreur.

En un temps révolu, j'ai eu ce sentiment profond d'avoir manqué d'un essentiel : rencontrer l'autre pour mieux le comprendre, rencontrer l'autre pour apprendre, rencontrer l'autre pour s'épanouir, grandir encore et encore.

J'ai tenté l'expérience dans une précédente vie et j'en ai été déçu. Cette culture qui était mienne me donnait du fil à retordre, j'avais de plus en plus de mal à la comprendre, à l'accepter alors qu'en son temps, jamais je n'avais eu à y réfléchir. Le premier changement de continent en fut le premier responsable, la rencontre d'une culture parfois aux antipodes de la mienne, le second. Un choc.

De retour sur le continent africain, mes racines allaient se ressourcer à une autre terre, plus fertile au développement, plus riche en simplicité, en valeurs. S'intégrer, mettre au placard une partie de cet occidentalisme qui me semblait un frein à mon développement nouveau et faire place à une inclusion nécessaire à une meilleure compréhension.

Je me suis donc mis en quête du comment faire, du comment ; une véritable équation à plusieurs inconnues. C'était sans compter sur ma capacité d'adaptation malgré des relations de travail m'imposant d'être entre deux eaux. Je n'avais cependant pas le choix, je devais m'en accommoder tout en tentant d'expliquer ma nouvelle culture à l'ancienne.

Mes premières tentatives furent fébriles, menant aux quiproquos, parfois à l'incompréhension. Je pris alors le pli de ne plus tenter de faire comprendre le sud au nord et de me concentrer dans ce que je pensais être « mieux » : rencontrer l'autre, tenter de combler ce manque et d'écrire les prémices de ma nouvelle vie.

J'apprends

S'adapter, se caméléoniser – j'avoue avoir inventé le mot pour la circonstance -, apprendre sont les mamelles de la vie en société. De mon point de vue en tout cas. J'apprends de l'Afrique, j'apprends du Bénin comme j'ai appris du Rwanda et croyez-moi ce continent à beaucoup à nous apprendre. Je ne fais pas dans le paternalisme ni dans la culpabilité qui pèserait sur mes origines. Non, je parle vrai, le langage du cœur.

J'apprends la vie, je me réapproprie le sens de la famille qui était nôtre il y a bien longtemps en Europe, j'apprends une nouvelle langue française à défaut des langues du pays. Je n'ai jamais été doué en langues étrangères. La richesse *des langues françaises* me suffit.

Tout n'est pas rose, tout n'est pas blanc, tout n'est pas noir. Tout, l'ensemble. Nous sommes tous différents et c'est en cela que réside notre richesse.

J'apprends, je réapprends à sortir du cadre, à oser, à oser prendre d'autres voies, explorer d'autres choses. Rencontrer l'Autre, c'est aussi de développer et s'ouvrir, c'est découvrir l'inconnu, c'est faire éclore le grain de folie qui est en chacun d'entre nous. Je me répète. Oui. Je me répète encore et encore.

Ce n'est certes pas sans risques mais cela en vaut la peine ; je le sais, je le fais tous les jours. Suis-je fou ? Oui. Une folie douce, enivrante.

Je vois

Je vois l'Humain manquer d'eau, de nourriture, de soins, … Je vois l'Humain se battre contre l'Humain, contre lui-même. Je vois l'Humain mourir de l'Humain. Je vois l'Humain souffrir dans son âme, dans sa chair. Je vois l'Humain manquer d'Humanité.

Je vois aussi l'Humain croire en un monde meilleur. Je vois l'Humain aider l'Humain. Je vois l'Humain se soucier de l'Humain. Je vois l'Humain dans tout ce qu'il y a de bon en lui.

Je vois l'Homo sapiens sapiens, une et une seule race, un seul sang. Je vois l'Humain pleurer, sourire, rire, tendre la main. Je vois l'Humain …humain.

Nous ne sommes qu'un avec nos envies, nos difficultés, nos malheurs, nos bonheurs. Nous sommes nés bons, vierges de tout … Nous ne sommes qu'un grain de sable mais nous ne faisons qu'UN, … UNi… UNIté… N'est-ce pas dans ce concept que la solution se trouve ?

J'observe

Si observer permet de répondre parfois aux pourquoi, comment sans pour autant juger, cela vous permet aussi de vous évader, de créer, d'imaginer. Pour ma part en tout cas…

Observer une maman, sur le bord de la route, en train de placer son étal et imaginer le reste de sa journée. Observer un chien qui, chaque jour, cherche un coin d'ombre sous votre voiture et qui, lorsque vous vous approchez, quitte, non sans tristesse dans le regard, son abri momentané. Observer un enfant jongler avec une balle de tennis et l'imaginer devenir la star de foot du futur, observer un oiseau faire des allers-retours vers son nid et l'imaginer raconter une histoire à ses enfants avant qu'ils ne s'endorment, observer le soleil qui a rendez-vous avec la lune et tenter d'imaginer une suite aux paroles de Charles Trenet, observer, observer…

Oui l'imagination peut prendre de la hauteur, des couleurs mais elle reste, à la base, le fruit d'un moment réel que nous embellissons ou pas à notre manière selon nos humeurs.

« Imagine all the people living life in peace… » J. Lennon.

Je vous invite donc à observer, à garder l'œil ouvert parce que, malgré un pessimisme ambiant, l'œil nous offre parfois de bien belles surprises. Je vous invite aussi à croire…

Je crois

D'abord croire en vous, ensuite croire en l'autre.

En Afrique, les croyances sont profondes. On s'en remet à Dieu (ou à tout autre nom qu'on lui donne). Dieu est amour, Dieu est pardon, Dieu est… Mais là où je crie mon désespoir, là où je crie à l'escroquerie, c'est quand certains personnages osent profiter des croyances pour se faire, ce que nous appelons plus communément nous les occidentaux, du blé. Le phénomène existe également aux Etats-Unis, je m'empresse de le dire.

« Si tu n'as pas d'argent, si tu n'as pas de femme, d'enfants, de maison, si tu n'es pas heureux,… tout est cause de démons… ». Il y a un démon pour toutes choses. La solution prônée par ces pasteurs en tous genres, après avoir réussi à convaincre, passe alors par les billets de banque et toute autre forme de trocs. Tout cela au nom de la liberté de cultes.

Un prédicateur débutant commencera à vélo ou sur une vieille mobylette pour venir chercher dans les villages les plus reculés les dons des membres pour, après quelques mois, revenir en rutilant 4×4. « Donne-moi le peu que tu as, je le ferai fructifier » sans préciser que c'est, bien entendu, à son propre profit.

Et si tu ne revois pas la couleur de ton argent, il y a des raisons… C'est à cause d'un démon qu'il faut alors combattre et donc il faut davantage d'argent. Le cercle vicieux. Je respecte toutes les croyances mais j'ai beaucoup de mal avec certains agissements au nom de la religion. Tant d'actes ont été bassement commis. L'histoire nous le rappelle sans cesse. Mais croyons, croyons. Je l'ai déjà énoncé, il y a encore du bon dans l'Humain.

L'histoire ci-après est émouvante parce qu'elle montre un respect hors du commun. A mes yeux. Respect. Et c'est une question de croyance religieuse saine.

J'ai été invité aux festivités des funérailles de la maman de mon propriétaire. Illustre famille de Ouidah que celle-là. J'y ai rencontré des gens fabuleux, j'ai échangé avec des membres de la famille, j'y ai appris beaucoup sur l'histoire de

Ouidah, du quartier, de la famille. Mais le moment le plus « beau » de l'histoire m'est venu ce jour du frère de mon propriétaire et par ailleurs voisin.

« Beau » parce que c'est le mot qui m'est venu à l'esprit lors de cette rencontre. Ou plutôt « belle » histoire me suis-je écrié.

Il n'est pas question ici de voyeurisme malsain de ma part, je vous passerai donc les détails de nos échanges.

« Vous ne pouvez pas comprendre, vous allez en rire, vous… » que de précautions oratoires de mon interlocuteur alors que nous étions quelque part voguant entre une discussion de voisin et la confidence. Je n'ai pas compris, à ce moment-là, le pourquoi de cette réserve.

Malade depuis un certain temps déjà, « maman » convoqua ses enfants lors d'une dernière réunion de famille pour leur demander où elle allait être enterrée. Il n'était en aucun cas question de cimetière parce qu'ici au Bénin, on souhaite que les défunts continuent à vivre à nos côtés. Selon ce que j'ai pu comprendre de notre discussion, elle aurait voulu être enterrée dans la chambre qui l'avait vue vivre.

Je venais de comprendre le pourquoi des précautions prises par mon voisin à propos d'une culture que je ne connaissais pas. En effet, il n'est pas rare au Bénin que le défunt soit enterré dans sa propre demeure ou à tout le moins dans laquelle il a vécu le plus longtemps.

Il me fallait encore connaître pourquoi mon cher voisin me parlait de cela. Était-ce simplement une envie de parler ? Et c'est là que je compris la profonde portée de cette discussion.

Il s'est avéré que cette chambre est celle dans laquelle je vis actuellement. Je vis dans la maison dans laquelle cette dame a vécu une partie de sa vie ! Alors que je demandais pourquoi l'on ne me l'avait pas signalé, il m'a été répondu qu'un locataire qui est en règle est en quelque sorte un propriétaire et qu'il n'y avait donc pas lieu de me poser la question.

Je ne saurai jamais ce que j'aurais répondu si la question m'avait été posée et elle me restera sans doute longtemps encore en mémoire mais une chose est sûre : « quelle belle histoire ! »

Depuis, la maman a pris possession de sa dernière demeure dans la parcelle à côté de « chez moi » chez sa petite fille…

Je partage

Pour briller, il n'est pas nécessaire d'éteindre l'autre. Chacun peut être une lumière d'intensité variable…

C'est à peu près en ces termes qu'un habitant de la RDC qualifiait le comportement de beaucoup d'africains. Du moins à ce que j'ai pu en lire.

Si écraser l'autre, s'en moquer, le réduire à quantité négligeable est devenu une habitude de la nature humaine et éclate au grand jour via les réseaux sociaux, elle n'est cependant pas nouvelle et n'est pas exclusivement africaine.

Ne voyez surtout pas dans ces quelques mots un quelconque essai philosophique sur l'éclairage d'une vie mais bel et bien un constat personnel sans aucune prétention notoire.

De tous temps, l'Homme a « joué des coudes » pour se faire sa place au soleil et donc au détriment parfois, souvent, d'une autre espèce. Il s'en est pris aussi à ses frères et sœurs. Inutile ici de vous faire un rappel de l'Histoire ou de vulgariser le tout par des dessins.

« L'Homme est un loup pour l'Homme »

S'en sortir est un des objectifs majeurs de l'Homme et plus encore en Afrique où, dans certains pays, les aides étatiques ne comblent peu ou pas l'accompagnement des citoyens. Ce n'est pas une raison, je vous le concède, d'empêcher son voisin de s'épanouir.

En Europe, nous avons cette chance d'être soutenu lorsque l'on n'a pas d'emploi, lorsque l'on est malade,… et on râle encore. Et plus encore, on jalouse son voisin parce qu'il est riche, on maudit la réussite de l'autre et j'en passe. Donc oui, tenter d'éteindre l'autre pour briller est devenu monnaie courante en Europe aussi d'autant que certains états ont fait de la délation une arme légale !!!

En Afrique, malgré le fait d'y vivre, je suis pourtant mal placé pour répondre de manière précise. Parce que je n'y suis pas né, parce que mes connaissances comportementales africaines sont faibles, parce que…, parce que… Cependant, je peux confirmer que cette forme de jalousie est bien présente au Bénin. Le béninois jalouse son frère parce qu'il ami avec un blanc, le béninois jalouse sa sœur parce qu'elle a réussi dans les affaires, …

Cessons de « jalouser », cessons d'éteindre la lumière chez l'autre en pensant que nous pourrons briller, ouvrons les yeux, notre cœur, partageons et passons tous au LED, plus économique et efficace – je n'ai pas pu m'empêcher un léger trait d'humour –

« Le bonheur n'est réel que lorsqu'il est partagé » McCandless

La vie s'écoule comme le temps ou l'inverse. Qu'importe. Si le temps est de l'argent, la vie est d'or précieux. **Je vous laisse, la vie m'attend. Elle vous attend certainement aussi. Ne la galvaudons pas.**

POSTFACE

Il est des destins impénétrables comme des chemins tortueux au cœur d'une épaisse forêt. Ils sont beaux autant que mystérieux, et laissent à la vie une couleur différente de celles que nous propose l'arc-en-ciel. C'est cela, Sinibagirwa : itinéraire quasi initiatique d'un citoyen du monde qui pose un pas après l'autre vers la seule destination que j'envierai toujours, celle de la connaissance. Connaissance-culture, qui fait mourir l'égo pour faire une place à l'autre.

''On ne choisit pas ses parents, on ne choisit pas sa famille, on ne choisit pas non plus les trottoirs de Manille, de Paris ou d'Alger pour apprendre à marcher». J'irai plus loin que la voix reposante de Maxime Leforestier et je dirai qu'on ne choisit évidemment pas les rues de Bruxelles, de Cotonou ou de Kigali pour apprendre à rêver, ni la côte atlantique niveau Ouidah , pour apprendre à aimer.

Non, «Un bout de terre n'a jamais fait chez soi (...)», s'émouvait Corneille après avoir trouvé à Berlin puis à Montréal un «nouveau sens à la patrie». Car intégrer que le soleil est unique et que la terre est ronde est le pas le plus significatif vers le statut d'être social. Nous devons apprendre l'humanisme de cet Européen de pure lignée qui découvre, s'approprie et exalte le charme délicat de sociétés noires malgré les stéréotypes insidieusement répandus à travers le monde.

Sinibagirwa est comme un hymne, une chanson qui appelle l'oreille puis le regard sur un paradis trop diabolisé : l'Afrique. Il n'y a à lire dans ce livre ni la froide condescendance de l'ethnologue ni la douce ironie du romancier. Ici point de malice. Il s'agit d'une voix claire qui témoigne avec sincérité que la vie, l'argent, les amis, les roses et bien entendu l'amour, sont partout où s'ouvrent des yeux, où vibrent des poitrines, où chantent des bouches. Sur ces petites dizaines de pages farceuses, on s'amuse, on pleure et on voudrait enfin fredonner comme Michael Jackson : «Thinking of being my brother, it's no matter if you're black or white»*. Yovo yovo bonsoir ! **Habib Dakpogan**

*Pour être mon frère, peu m'importe que tu sois Noir ou Blanc